Twittering Birds Never Fly

KOU YONEDA

5

Twittering Birds
Never Fly

C o n t e n t s

Characters

Yashiro (36)

Unterboss der Shinsei-Gruppe des Doshin-Syndikats. Erwirtschaftet Kapital mit Shinsei Kogyo, der Tarnfirma der Shinsei-Gruppe. Kageyama ist sein einziger Freund, sie kennen sich seit der Oberschule. Yashiro hegte heimliche Gefühle für ihn. Seine rechte Hand und Leibwächter Doumeki fand er anfangs süß, aber ...

Chikara Doumeki (25)

Yashiros rechte Hand und Leibwächter. War früher Polizist, wurde aber wegen Körperverletzung zu einer Haftstrafe verurteilt. Er hat eine jüngere, nicht blutsverwandte Schwester namens Aoi. Er ist impotent, fühlt sich aber zu Yashiro hingezogen. Als Yashiro vor seinen Augen zusammenbricht, wird er sich seiner Gefühle für ihn bewusst.

Misumi (62)

Unterboss des Vorstands des Doshin-Syndikats. Hatte in seiner Zeit als Boss der Shinsei-Gruppe Yashiro ins Boot geholt. Eine Zeit lang waren die beiden Lover. Aktuell ist er der Favorit für den Posten des Dons des Doshin-Syndikats.

Amou (44)

Misumis Sekretär.

Hirata (48)

Boss der Shinsei-Gruppe. Ist äußerst machtgierig und will in die Syndikatsführung. Hat großen Respekt vor Misumi, hält aber nicht viel von dessen Beziehung zu Yashiro und unternimmt deshalb etwas.

Ryuzaki (38)

Boss der Matsubara-Gruppe des Doshin-Syndikats. Älterer Yakuza-Bruder von Yashiro. Er betrachtet Yashiro zwar als Feind, hat aber auch starke Gefühle für ihn. Steht im Verdacht, der Drahtzieher des Attentats auf Yashiro gewesen zu sein, doch in Wahrheit ...

Nanahara (30)

Jüngerer Yakuza-Bruder von Yashiro und auch dessen Assistent. Außerdem älterer Yakuza-Bruder von Sugimoto und Doumeki. Als er von Hirata erfährt, dass Ryuzaki Yashiro töten wollte, beschließt er, diesen umzubringen, aber ...

Sugimoto (26)

Jüngerer Yakuza-Bruder von Yashiro, älterer Yakuza-Bruder von Doumeki.

Kanji Kageyama (36)

Niedergelassener Arzt (Internist). Freund von Yashiro. Hat einen Fetisch für Brandwunden. Er und Kuga sind ein Paar.

Oh, genau.
Wenn wir schon so weit sind, wollen wir nicht ficken?

Twittering Birds Never Fly

Kapitel 23

Twittering Birds Never Fly

Ich ...
... möchte ...
... nicht.
DOMPF
Ha, ha, ha, ha, ha!
Auaaa ...
Mein armer Bauch! Ha, ha, ha!

STUPS
Haaaah ...
Bring mich ...
... doch nicht so zum Lachen.

Wie kommst du dazu, abzulehnen?
Schau mal ganz genau auf deinen Schwanz.
Jetzt sei mal ehrlich.
Wie hat's dir gefallen, mich gewaltsam runterzudrücken?
Du bist doch schon die ganze Zeit geil.
Ich ärgere mich so.
Du warst doch richtig erregt.

Seine unerbittliche Hand, die ich immer noch an meinem Schenkel spüre.
Die Bewegungen seiner heißen Zunge.
Jedes Mal, wenn ich daran zurückdenke, versetzt es mir einen Stich.
Ich will das noch einmal. Ich will, dass er es tut.
Ich hab versucht, nicht dauernd daran zu denken.

Und trotzdem ...
Über was? Und seit wann?
Darüber, dass ich Angst vor ihm habe?
Darüber, dass er vorgegeben hat, sich um mich zu küm-mern?
Darüber, dass er mir gesagt hat, er will nicht?
Nein, über etwas davor.
Darüber, dass er meinet-wegen erregt ist?
... ärgere ich mich.
Das wär aber doch komisch. Ich mag das schließlich.
Sex an sich. Und es mit Männern zu treiben.

Tatsächlich hab ich's ja auch die ganze Zeit gespürt.
Ich habe ... die Kontrolle verloren.
Ich respektiere Sie.
Ich wollte, dass Sie mich für immer an Ihrer Seite behalten.

Aber ich habe Gefühle, die darüber hinausgehen.
Ich fühle mich ...
... rettungslos zu Ihnen als Mensch hingezogen.

Es
tut mir
leid ...!

Hä? Was redest du denn da für Bullshit?
Das war doch überhaupt nicht das Thema.
Deine Gefühle sind mir wurscht.
Mir reicht's, wenn du auf meine Anmache anspringst.
Ist doch bloß Sex.
Rein und wieder raus, mehr nicht.

Warum nur ärgere ich mich ...
... so sehr?
Keine Panik. Ich bin ein Mann, und du bist nicht dein Vater.
Ich will ihn triezen.
Es tut zwar weh, aber wenn ich auf dir sitze, kann ich meine Hüfte frei bewegen, also hat das nix von 'ner Vergewaltigung.
So, siehst du?
Oder geht's wieder darum, dass du an deine Schwester denken musst?
Lassen Sie ...
Oha. War das nicht gut?
Ich will ihm wehtun.

Bist du also doch lieber derjenige, der den anderen runterdrückt.

Ja … Da könnte was dran sein.
„Genau wie dein Vater" …?
Nein, das würde ich nie behaupten.
Hat aber schon wer anderes.
Ha, ha …
Und schon bist du wieder schlapp.

Oh Mann. Dabei bin ich so schön hart. Sehr schade.
Ich geh dann mal duschen.
PSCHHHHH
Oh ...

PSCHHHHH
Ich hab ...
... meine Sachen noch an.
Ich bin verletzt.
Kein Wunder, dass ich Schmerzen hab.
...!
Was ist mit mir los?
Schieb ich etwa Panik?
WANK
Was soll das?
PSCHHHHHHH
Irgend-wie ...
RUTSCH

Irgendwie hab ich das Gefühl, ich hätte was vergessen.
Irgend-was, das er gesagt hat.
Irgendwas total Merk-würdiges.

DONK
...
Was hätte ich denn tun sollen?
Wird er mich jetzt verlassen?
PSCHHHH
TRAMPEL
SCHRECK
Chef!!
KLAPPER
...
Duschen ...

Chef! Ihre Verletzung ...!
!!
PSCHHHHHH
QUIEE
Alles in Ordnung?
Entschuldigung, ich hätte ...
Weißt du, du ...

... bist anders als ich.
Ich hatte Mitgefühl mit dir.
Du bist impotent und das genaue Gegenteil von mir Sexmaniac.
Aber ich hatte einfach für mich beschlossen, dass du genau wie ich irgendwo kaputt bist.
Weil du ihm ähnelst.

Ihr ähnelt euch überhaupt nicht. Von Anfang an ...
... warst du vollkommen anders als er.
Darum siehst du mich auch so an.
Mit ganz anderen Augen als er.
Für dich muss das völlig ungerechtfertigtes Mitgefühl sein.

Ich hätte dich gleich wegschicken sollen.
Ich wollte dich wegschi-cken.
Aber dann auch wieder nicht.
Du warst so süß.

Du bist so süß ...
Aber ich habe Angst.
Du sagst, du tust alles für mich ...
... aber meinetwegen wärst du fast gestorben ...!
Deinet-wegen bin ich so komisch geworden.
Du bist es nicht, vor dem ich Angst habe.
Sondern davor, dich zu verlieren, davor ...

Was weinst du denn jetzt?

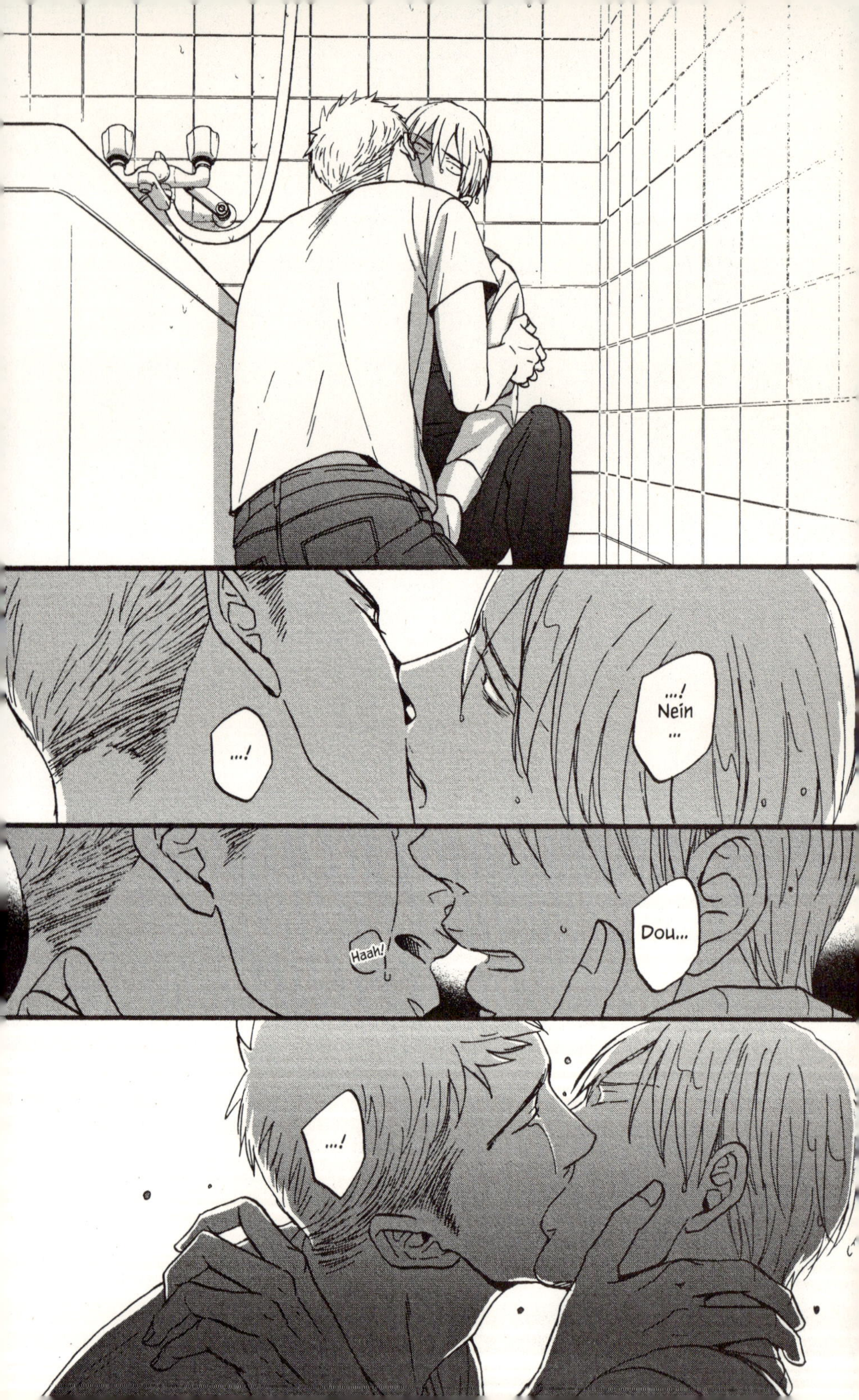
...!
Nein
...
...!
Dou...
Haah!
...!

Twittering Birds Never Fly

Kapitel 24

Twittering Birds Never Fly

...!
...!
Mh
...

Nei...!
Haah!

Das … nicht …
Haben Sie …
… so große Angst vor mir?

Nein …
Nicht vor dir. Vor mir …
Obwohl Sie kurz davor sind, mich zu verlassen, sagen Sie …
… dass Sie Angst davor haben, mich zu verlieren.
Wenn Sie sich nur davor fürchten …
… warum macht es Ihnen dann Angst, dass ich hier bin?

Wenn ich ...
... jetzt diese Hand loslassen würde ...
... wenn ich ...
... ihm keine Antwort geben würde ...

... dann würde er mich ...
Es ist ...
... nicht gut, dass du 'nen Ständer hattest.
Ich hab dich an meine Seite geholt, weil du nicht hart werden konntest.
... du bist immer schlapp geblieben. Das war einerseits nutzlos, aber gleichzeitig auch angenehm.
Wie sehr ich es auch mit dir treiben wollte ...
Aber du hast es kaputtgemacht.

Ob ich dich verlassen will ...
... oder wütend auf dich sein will ...
... oder es mit dir treiben, dich quälen ...
... weiß ich nicht.
Was soll ich nur mit dir machen?
Mit dir ...

Ich bin dir ... einfach nicht gewachsen.

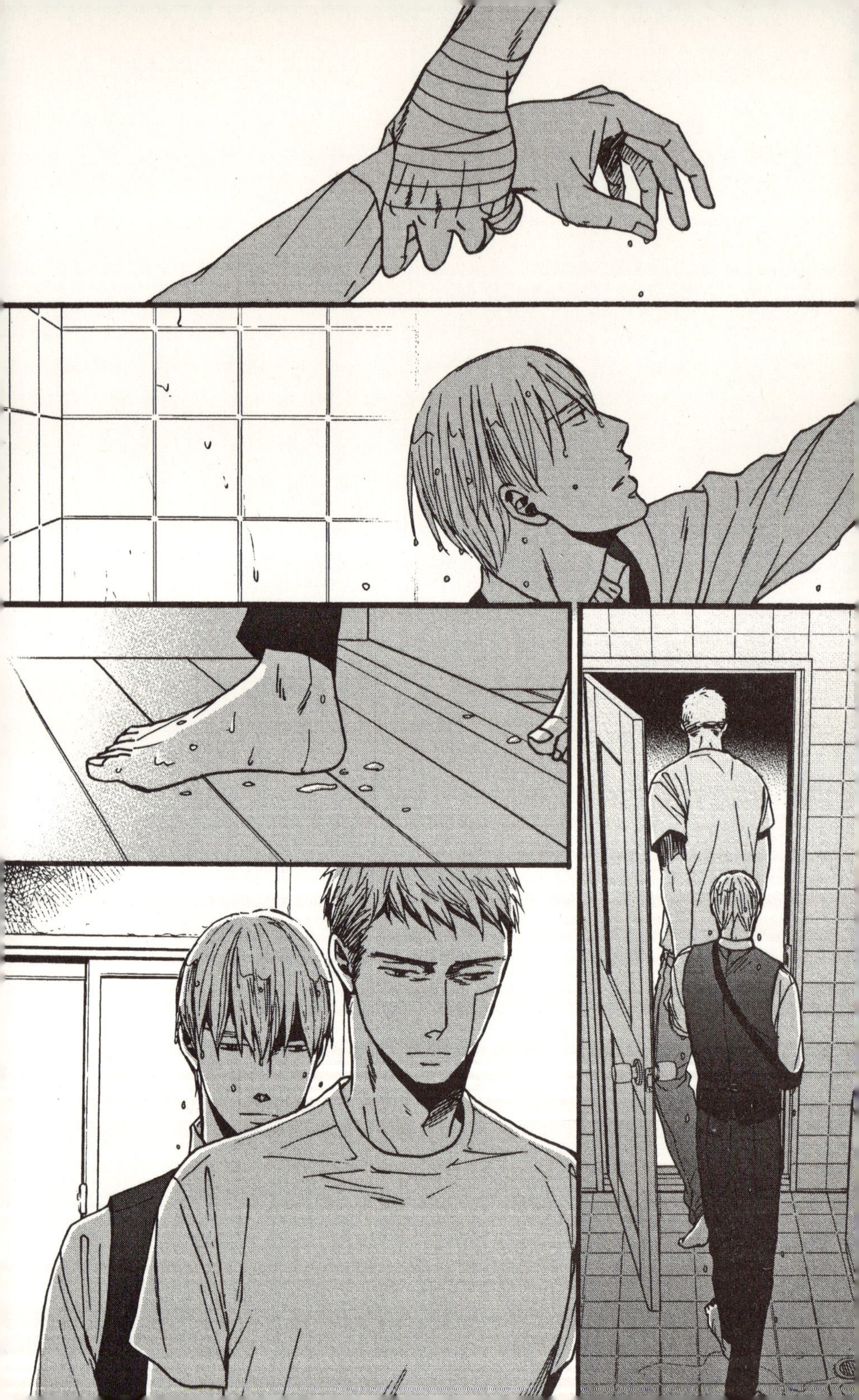

Ich trockne Sie ab.
Ziehen Sie sich bitte aus.

Es geht nicht ...
KLACK
FLOFF

Wenn Sie sich bitte setzen und kurz warten.

TROPF
TROPF
Hatschi!
Auaa ...
SCHNIEF
Du bist wirklich merk-würdig.

Finden Sie?
Du hast mal gemeint, ich sei die Art Mensch, die dir noch nie untergekommen ist.
Der Merkwürdige bist ganz eindeutig du.
Das glaube ich eigentlich nicht.
Doch, ganz bestimmt!
Ich kenn mich da nämlich aus.
Sie sind nicht merkwürdig.
...
Dein Futon ...

... wird nass ...
Ich mochte es schon immer, Ihre Haare zu berühren.

Hör auf ...
Ich fand Sie schon immer wunderschön.
Auch Ihr Innenleben. Einfach alles.
Sie sind so fein und weich.
Während Sie geschlafen haben ...
... habe ich sie mehrmals berührt.
...ör auf ...
Hör endlich auf damit ...
Sei nicht so zu mir ...
Wenn du's treiben willst, dann los ...

Ich habe mehrfach zugesehen, wie Sie Sex mit jemand anderem hatten.
Manchmal hat es mir nichts ausgemacht ...
... und manchmal doch.

Ihren Körper ...
... soll niemand anderes mehr berühren dürfen.
Sie sollen ...
... nur noch mich brauchen.
Sie sollen nur noch mich wollen.

Wir ...
... tun's doch ...
... bes-ser nicht.
Mit dir ...
... will ich nicht ...

Mh
...
...!
Hah!
...!

...!
Hah!
Hah!
Kiss
Hah!
Haah!
Haah!
Haah!
...!
Kiss
...!
Hah ...!

STREICH
Mh ...
Huh ...
....!
Hah!
Hah!
Küss
Küss

Hah!
Fass mich ...
... nicht ...
... so an ...
Hah!
KÜSS
...!
Mir wird übel ...
Hah!
Hah!
Hah!
Aah ...!
Hah!
Hah!

KÜS
Haaah!
Mh ...
Mh ...
KÜSS
Hah!
ZUCK
Aah ...!
Aah ...
Hah!
Mh!
Hh ...

Aah ...
Küss
Hör da...
Hah!
Hah!
...mit au...
ZUCK
Hah!
Lass ...
ZUCK
Küss
Mh ...

ZUCK
...!
Hah!
ZUCK ZUCK
Nngh!
Hah!
Ngah!
SLUPP
Ich ...
Hah!
... kotze noch ...!
Hah!
Selbst wenn ...
Ich höre auf keinen Fall auf.

Ich glaube, ich ähnle meinem Vater eben doch.

Nein.
Du bist rein und darum bist du impotent geworden.
Ich hingegen ...
Falsch ...!

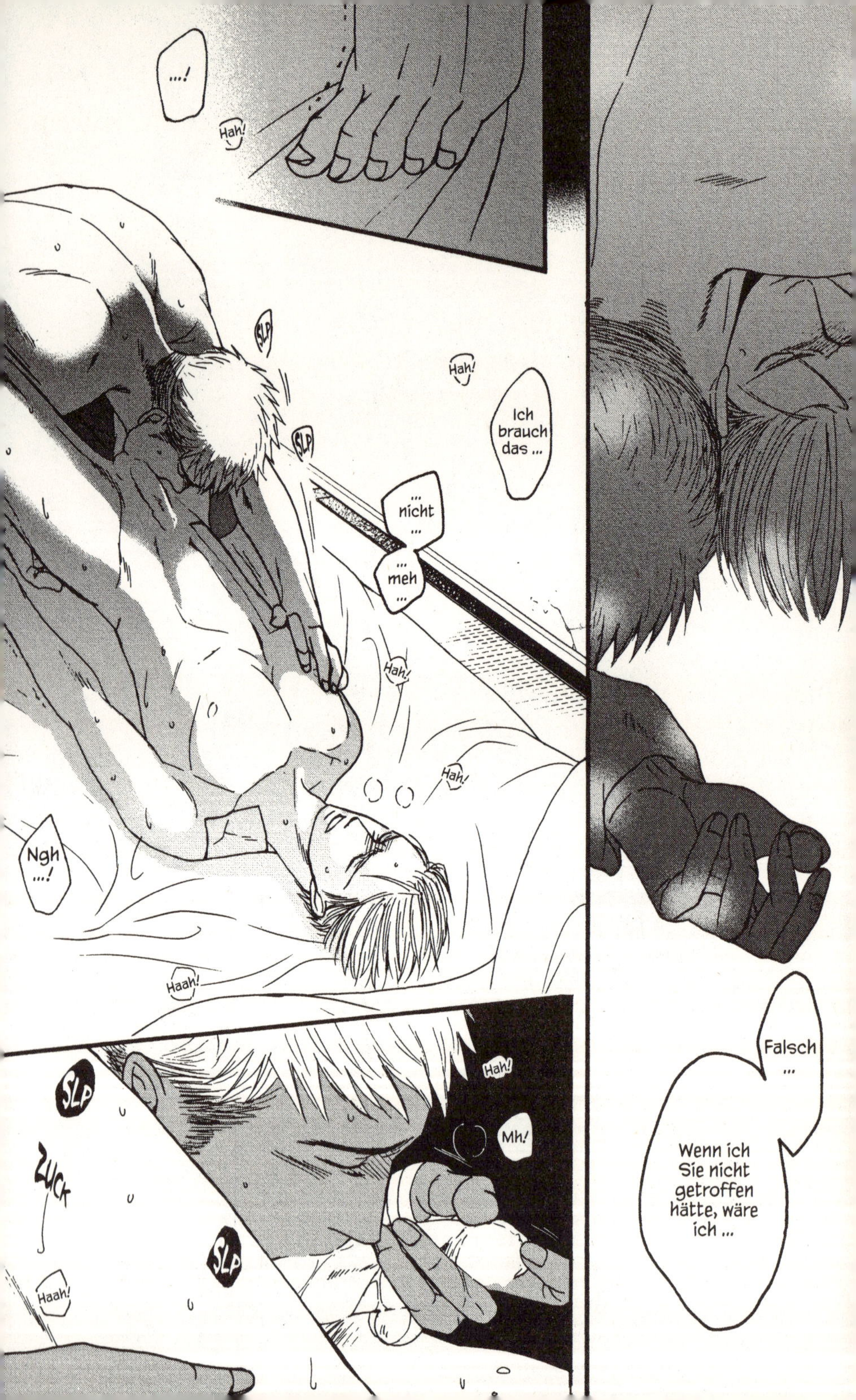
Falsch ...
Wenn ich Sie nicht getroffen hätte, wäre ich ...
...!
Hah!
Hah!
Ich brauch das ...
... nicht ...
... meh ...
SLP
SLP
Hah!
Hah!
Ngh ...!
Haah!
Hah!
Mh!
SLP
ZUCK
SLP
Haah!

Aah!
SLRP
Haah!
SLRP
Haah!
SLRP
SLRP
Haah!
Kh ...!
ZUCK
Hör ...
... endlich auf ...
Haah!
...!
Haah!
Mh!
Haah!
Be-sorg's mir schon end-lich!
Hah!
Hah!

Aah
...!

SLP
Haah!
Mein ...
SLP
Haah!
Haah!
Haah!
Haah!
Hah
... Körper ...
Hah!

Als wollte er ihn voll-ständig in Besitz neh-men.
Er leckt mich am ganzen Körper ab.

...!
...!
ZUCK
ZUCK
...!
Wa...
Hah!
Hah!
Hah!
Chef ...?
Was ...?
Sieh ...
... nicht ...

Du bist ...
... penetrant ...
Ich will ...
... das ...
... nicht ...
... mehr ...
!
Hör ...
... auf ...

Bitte laufen Sie nicht weg ...
... Chef ...

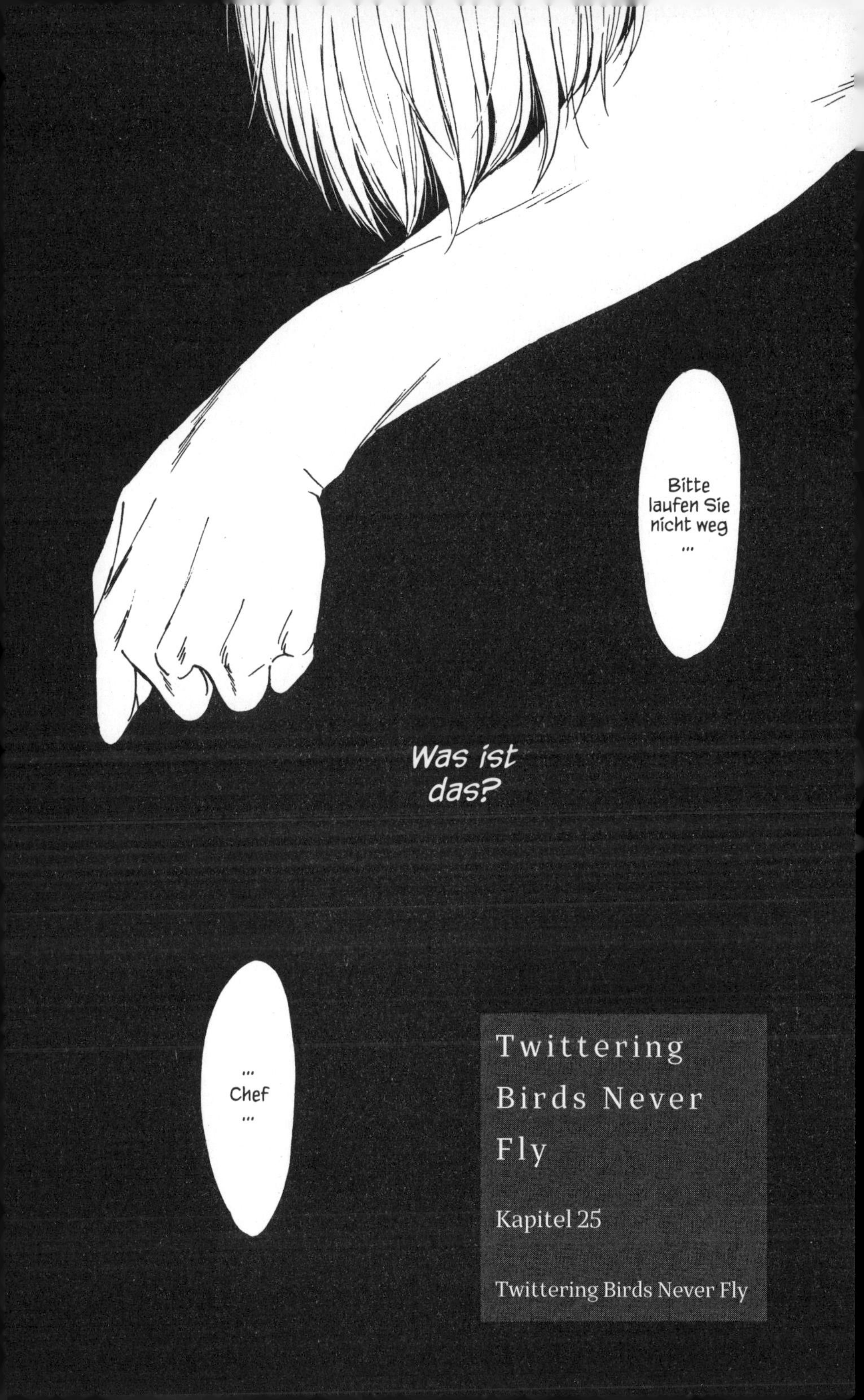

Twittering Birds Never Fly

Kapitel 25

Twittering Birds Never Fly

Das hier ist anders ...
... als alles, was ich bisher kannte ...

Aah!
Chef ...
Aah!
...!
...! Berühr mich nicht ...!
Tut mir leid.
Ich werde seltsam.

Ich will ihn so sehr.
Ich kann nicht aufhören.
...!
...!
Huh ...!
Uh ...
Wenn er so mit mir weitermacht ...

Nnngh ...!
SLIPP
Aah ...!
Aaah ...!
Mh ...!
SLUPP
SLUPP
...!
Mh ...!

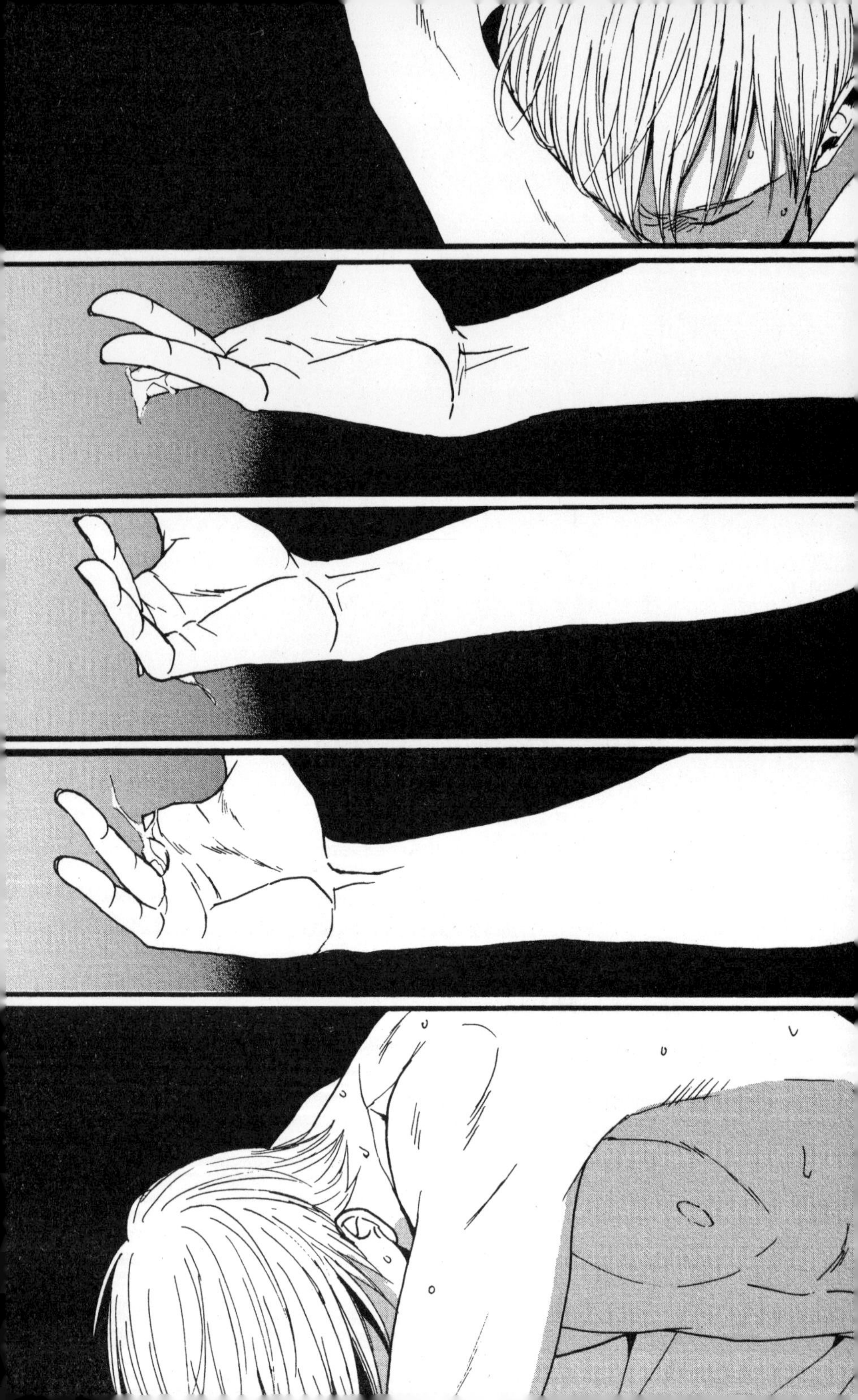

Aaah ...!
...!
SPLOTSCH
Mh
...!
ZITTER
Mh!
ZITTER
...!
...!
Zieh ...
sie ...
raus
...!

SLUTSCH
Hah!
Aah!
Hah!
Bitte sagen Sie, dass Sie mich wollen.

Nicht, dass ich ihn reinstecken soll oder dass ich's Ihnen besorgen soll ...
SSST
Aah ...!
Hah!
Hah!
W... warte!
Geh nicht ...!
Hah ...!
... sondern dass Sie mich wollen.

Hah!
Hah!
...!
Es geht nicht.
...!
Mh!
Hah!
Hah!
Ich will ihn ...
...!
RUCK
Seine Hüfte ...
SLUTSCH
Hah!
Hah!

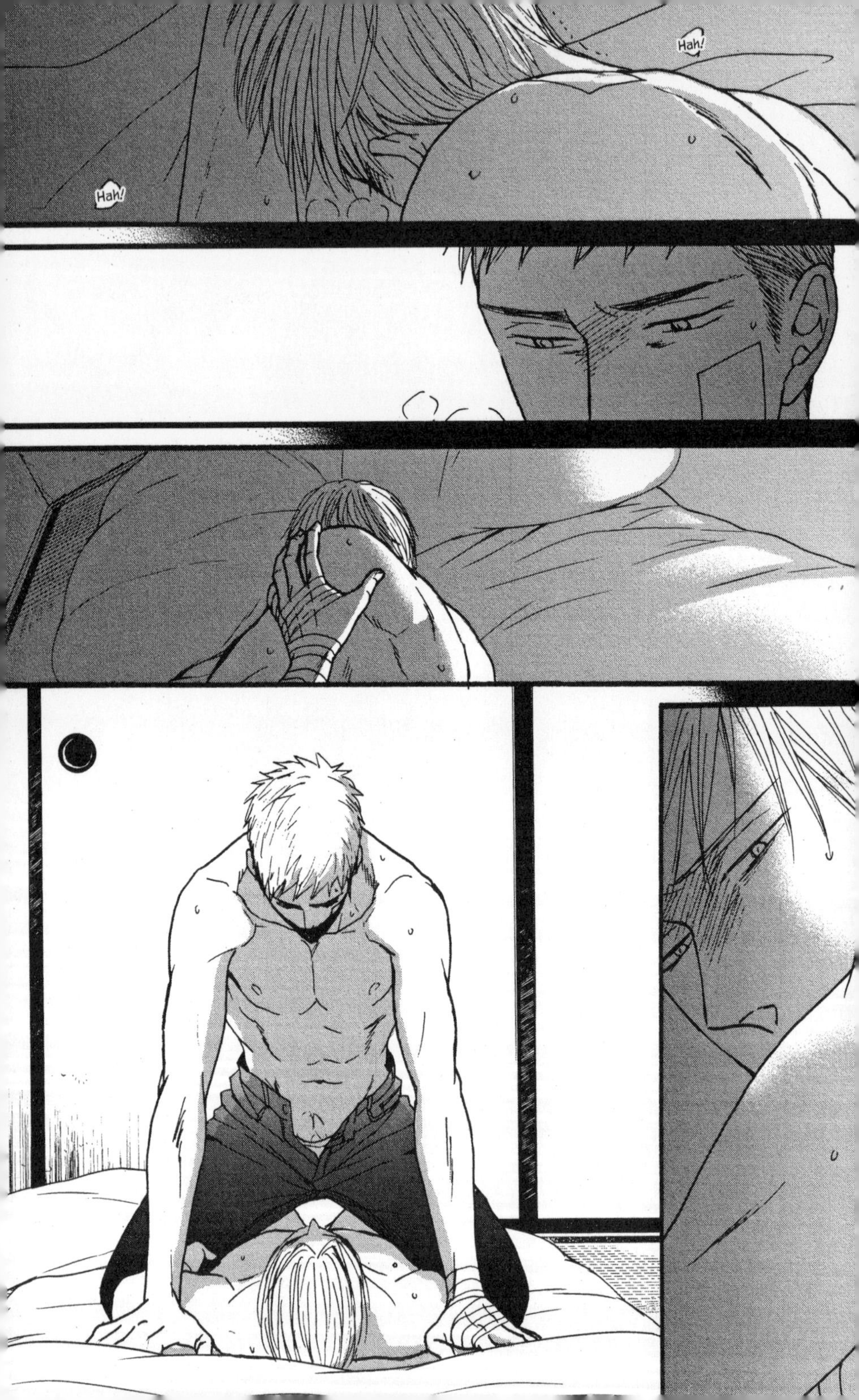
Hah!
Hah!

Es tut mir leid.
Es tut mir leid ...
... Chef ...
Mach mich nicht ...
... kaputt ...

Aaah ...!
SLUPP
Aaah ...!

Hah!
Hah!
Ich mache Sie nicht kaputt.
Auf keinen Fall.
Das stimmt nicht.
Nein.

War...!
Bewe...!
Aber dann musst du einfach umso mehr ...
Mh!
Aah!
Chef ...!
...!
Mh!
...!
Sieh ...
... mich nicht an ...!
Mh!
... meinem ganzen Körper quälen.
Mmmh!

...!
Hah ...!
...!
Mh ...!
Mh!
Ah!
So wie man es ...
Mh!
Mh ...!
...!
...!
Aah ...!
Mh!
Slurp
Mh!
Haah!
... schon so viele Male mit mir gemacht hat.
Mmh ...!
Haah!
Hah!
Aah ...!
Mh!
Mh!
Mh!
Ah!
Zieh ihn ... wieder ...!

Ngaaah ...!
...!
Haaah!
Haaah!
...!
SLUPP
...!

Aah ...!
Mh ...!
Lass ...!
Aah!
Haah!
...!
!
Ich will's nicht von vorn.
Nimm mich von hinten.

Aah ...!
Mh!
Aah!
Aah!
Mh!
Aaah!
Mh!
Chef ...!
Aah!
Mh!
Mh!
...!

Mhh ...!
Mhh ...!
Mh!
Aah!
Aah!
...!
Mh!
Mehr ...!
Mmh!
Mh!
Aaah!
Aah!

Aah!
...!
Mh!
Haah!
Hah!
Aah!
...!
Mh!
Darf ich Sie nicht doch von vorn nehmen?
Ich will Ihr Gesicht sehen.
!
Haah!
aah!
Nein.
In Ordnung.
SLUPP
Aaah!!

Sie müssen ganz entkräftet sein, nehmen Sie das ...
Das ist es, was mich an dir ...
... am allermeisten aufregt ...

Tu mir ...
... noch mehr weh ...!
Auf keinen Fall ...!
Tu es!
Werde ich nicht ...!
Haah!
Mh!
Mh!
Sie brauchen das doch gar nicht mehr ...
...!
Haah!
Hah!
Mh!
Aah!
Mann ...!
Haah!
Haah!
...!
Wa... rum ...?!
Mh!
Hh!
Chef ...
Hah!
Haaah!

Aaah!
Chef.
Hah!
Mh!
Sie sind so schön.
Aah!
...!
Mh!
Mh!
Mh!
Nnngh ...!
Ich komme ...!
Chef ...!

Mein ...!
Haah ...

Warum jetzt?

Du magst es ...
... wenn es weh tut, ja?
Ja.
Es muss weh tun ...
... sonst spüre ich nichts ...

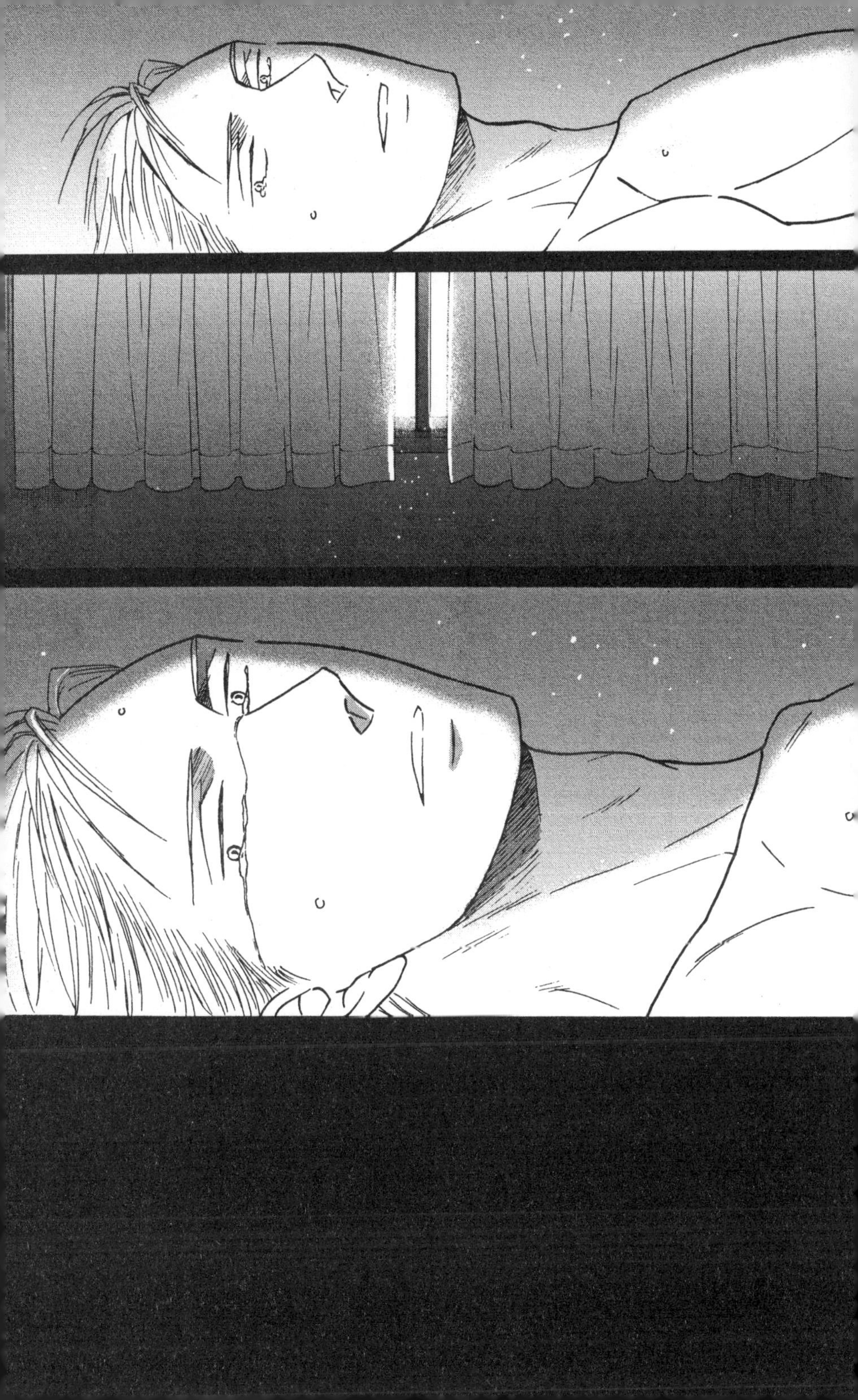

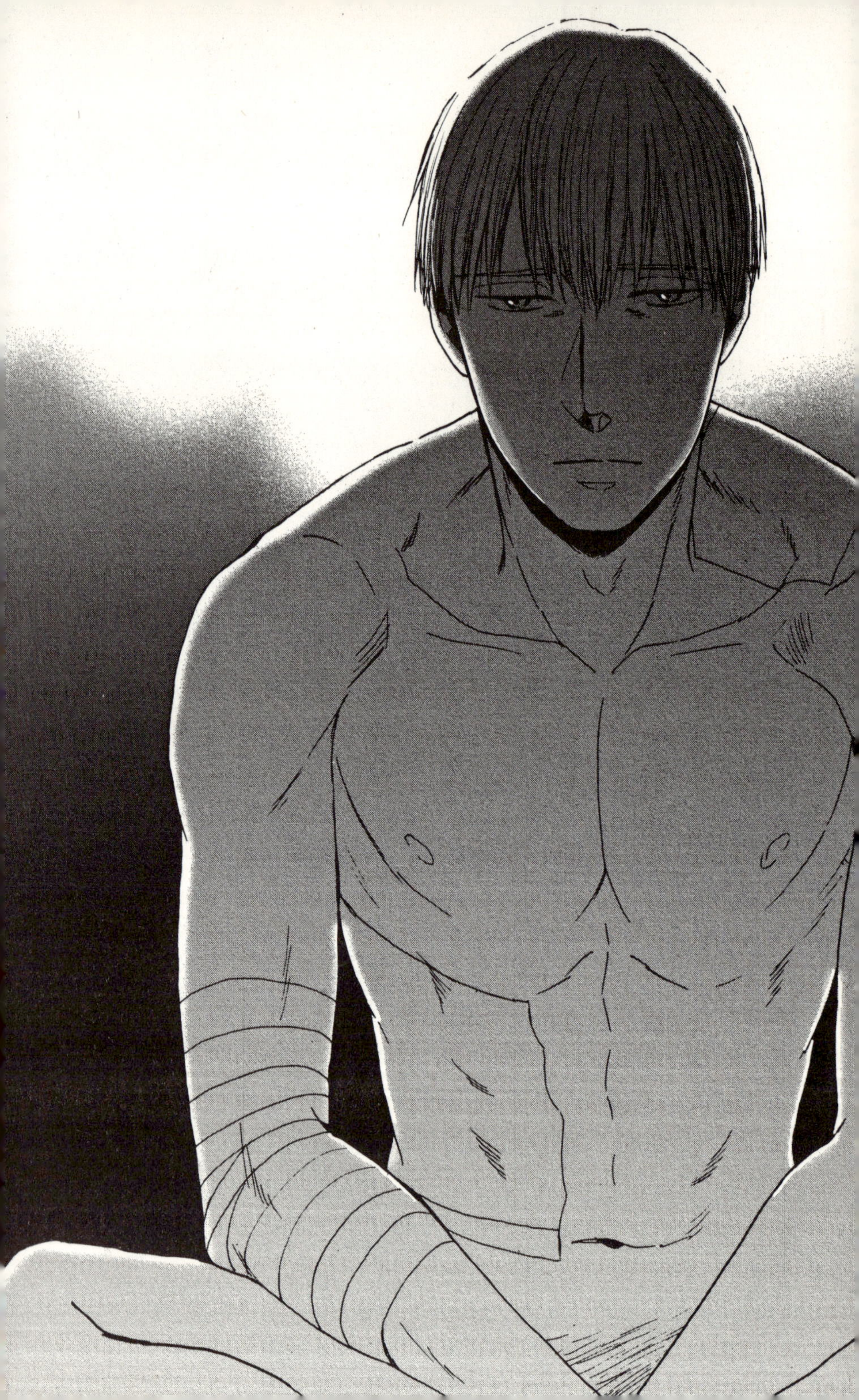

BRR
BRRRR
BRRRR

BRR

Twittering Birds Never Fly

Kapitel 26

KRONTSCH
カッ
ドッ
WOMPF
Gaargh!

Los!
Jetzt sing endlich!!
GRONK
Uugh ...!
DOFF
BODOFF !!
Ey!
DOFF
Hah!
Hah!
Ngh ...!
Wo...
...her soll ich wissen ...
... wo der Stricher steckt ...?!
Und überhaupt ... der gehört doch ... zu eurer Gruppe ...

Was fragst du also mi...!
BODOFF
Öch-ööh!
...!
Sie haben sich mit Yashiro getroffen. Sie wissen garantiert, wo er hinwollte.
Spatzen... hirn! Frag das ...
... besser ... den Zwerg ...
Welchen Zwerg?
Ach, Sie meinen Sugimoto.
Da wär ich ja schön blöd. Schließlich gehört der auch zu uns.
Dann könnt ich's nicht mehr so aussehen lassen, als hätten Sie Yashiro abgeknallt.
Du ... Wichser ...!

ゴッ
GADROSCH
Gaa-argh!
Verfluchte ...
Haah!
Haah!
Was 'n das für 'ne böswillige Unterstel-lung?
Sie waren es, der mit der Rebellion angefangen hat.
ドッ
BADOFF
...!
Wozu wollt ihr überhaupt jemanden aus eurer eigenen Gruppe umbringen?
Ich knall ihn ganz sicher nicht ab!
Entscheiden Sie sich.
Ob Sie leben oder sterben, hängt ganz allein von Ihnen ab.

Don, Herr Misumi möchte Sie besuchen.
Ooh!
Wie schön, lass ihn rein!
Jaaa ... Ich wusste doch, dass du dich langsam mal blicken lassen würdest.
Es erleichtert mich, dass Sie wieder etwas Farbe im Gesicht haben.
Dieser Tage bin ich ganz gut in Form. Ich weiß eben nicht, wann Schluss ist.
Sie waren schon immer unverwüstlich, Vater. Vielleicht besiegen Sie auch Ihre Krankheit.
Blödsinn. Gegen Krebs hab nicht mal ich eine Chance.
Eine Kleinigkeit für Sie.
Ich darf ...
Oh, das ist ja Yokan von Yoshimasa.
Schneid es gleich an.

Wo ist denn Amou?
Ich habe ihn draußen warten lassen.
Wie alt ist er jetzt?
Ääh ... Ungefähr Mitte 40, denke ich.
Du solltest das schon genau wissen.
Hat er noch keine eigene Familie?
Nein. Er hat aber immer mal wieder Frauen.
Da er so anständig ist, ist er in den Clubs wohl insgeheim beliebter als ich.
Was für eine Verschwendung. Und das mit einem Universitätsabschluss. Hast du ihm das Studium finanziert?
Er hat sich die Unterstützung verbeten. Er hat ein Stipendium bekommen und aus eigener Kraft den Abschluss geschafft.
Liegt es an Amou, dass du immer noch nichts hast, was man eine eigene Familie nennen kann?
Das hat mit ihm nichts zu tun.
Auch wenn es mir schwerfällt, ihn wie alle anderen zu behandeln, wo er doch das Kind aus der ersten Ehe der Frau ist, mit der ich verheiratet war.

Er ist Teil unserer Welt geworden, weil er dein Sohn werden wollte.
Ist das nicht goldig?
Goldig und bemitleidenswert. Er hätte ein normales Leben haben können, aber hat auf all das verzichtet.
Du bist ganz schön überfürsorglich.
Auch wenn ich das durchaus ...
... nachvollziehen kann.
Damals hast du nach der Frau, in die du verliebt warst ...
... auch noch den Bruder verloren, der wie ein Teil von dir war.
Ständig hast du in fremden Revieren gewildert und Streit provoziert. Deine Onkel hatten ganz schön Mühe damit, dich im Zaum zu halten.

Don, was denken Sie über Yashiro?
Yashiro ... Du hast gesagt, du wärst froh darüber, dass er neulich angeschossen wurde.
Ja.
Was für ein Clown.
Er zieht alle Aufmerksamkeit auf sich, im Guten wie im Schlechten.
Er besitzt Mumm und Scharfsinn, aber die Leute mögen ihn nicht.
Aber Menschen, bei denen es genau umgekehrt ist, gibt es wie Sand am Meer.
Wie denkst du selbst über ihn?
Er ist ein goldiger Kerl ohne Ambitionen.
In unserer Welt ist es ehrenwert, Ambitionen zu haben.
Aber er scheint mir doch ziemlich weltfremd zu sein.
Ja ... Da haben Sie recht.

Ist er ein Teil von dir?
Ungefähr ein Drittel.
Was du nicht sagst! Ein Drittel!
Ha, ha, ha!
Mach, was du willst.
Aber Misumi.
Auch wenn man Format hat, wer keine Ergebnisse vorweisen kann und keine Befürworter hat, kommt nirgendwo hin.
Wenn der Vorstand zustimmen soll, sorge zuerst dafür, dass er eigenständig wird und seine eigene Gruppe bekommt.

Und ...
Schließ-lich werde ich bald sterben.
Mein Körper macht nicht mehr lange mit.
... es darf dir nicht zu viel an ihm liegen.

RATTER
Wie geht es dem Don?
Puuh ...
Na ja ...
Wir sind hier im Krankenhaus, Chef.
Oh, stimmt ja.
Der Don ist ganz schön zusammengeschrumpft. Und milde ist er auch geworden. Als wär er ein völlig anderer Mensch.
Vielleicht ist das sogar seine wahre Gestalt.
Der Gedanke bedrückt mich.
Der Mensch wird eben durch seine Umgebung verändert.
Ah ja? Und warum bist du dann immer noch so wie mit 14?
...
Keine Chance, ihn drum zu bitten, mich mit dem Sanwa-Syndikat in Kontakt zu bringen.

Du hast den Bruder verloren, der wie ein Teil von dir war.
Meint er, Yashiro wäre sein Ersatz ...?
Dir darf nicht zu viel an ihm liegen.
Das will ich doch gar nicht.
Niemand wird ihn ersetzen.

Ihr seht unterbeschäftigt aus.
KLOPF
KLOPF

Fahrt mich doch mal kurz ihr-wisst-schon-wohin.

BRRRR
Ja.
Nicht so flapsig. Was sollte der Bulle im Hotel?
Ääh … Wie lief's mit Herrn Inami?
STARR
Null Erfahrung mit Männern, aber immer feste reinstoßen.
Mir den Schwanz abbinden und sich dann verpissen.
Hi, hi. Echt jetzt? Das muss ich nächstes Mal auch probieren.
Klar. Wenn alles erledigt ist.
Aber sag mal, sind deine Kollegen immer noch hinter Ryuzaki her?
Ääh … Ich denke doch.
Dann sag deinen Kollegen mal Folgendes:
„Ich hab eure Zielperson aufgespürt, also haltet euch in Bereitschaft."
„Mein Dank für eure Info gestern."

Puuuh ...
Shit!
Ey, da vorn!
Mir ist kalt!
...
Äääh ... Soll ich die Heizung hoch-drehen?
Ja, das wär doch mal einen Versuch wert.
FLÜSTER
He, wie soll das denn jetzt laufen?
FLÜSTER
Knall-kopf!!
Wir sind aufgeflogen, weil du so ein grottiger Beschatter bist!
FLÜSTER

Kann ja schlecht 'nen Kleinwagen leihen, wenn ich mit 'nem Schweinswal wie dir unterwegs bin!
Häääh?!
Doch wohl eher, weil du mit dieser auffälligen Karre angekommen bist!
JEEP
Sag das ja nie wieder, du Pferde-visage!!
Wie war das, du Arsch?!
Äääähm ... Ich unterbrech euch ja nur ungern, aber wir müssen da links.
Herr Misumi hält sich also immer noch gerne seltsame Typen.
„Selt-sam" ...?
Ganz schön entwürdigend, von Ihnen so bezeichnet zu werden.
Hat er euch befohlen, mich zu überwachen?
Tja ... Ist mir entfallen.
Welche Details habt ihr ihm berichtet?

Dass Sie's mit Ihrem Untergebenen getrieben ha...
BADOFF
Tickst du noch richtig?!
Puuuh ...
KRATZ KRATZ
Ich bring dich um ...
...
Wo wir schon dabei sind, wo ist der Kerl denn eigentlich?
Ich brauch ihn nicht, also hab ich ihn zurückgelassen.

Ey ...
Mein Mädchen habt ihr laufenlassen, oder?
Keine Sorge. Wenn wir sie nicht mehr brauchen, lassen wir sie sofort frei.
Aber bis Sie die Sache klargemacht haben, vergnügen wir uns noch ausgiebig mit ihr.
KNIRSCH
...!
RATTER
Ihr zwei, raus mit euch.

TAPP
TAPP
TAPP
TAPP
Ich bin aufrichtig enttäuscht von dir, Ryuzaki.

Hirata ...
DROSCH

Mir war klar, dass du ein Spatzenhirn hast, aber mit so viel Blödheit hatte ich nicht gerechnet.
Kriegst nicht mal Yashiro allein erledigt.
Du bist zu rein gar nichts zu gebrau-chen.
Letzten Endes haben Sie mich doch an Misumi verraten, oder?
Als würd ich mich zu so 'nem unnötigen Mord treiben lassen.
Also, Ryu-zaki?
Willst du nicht wie früher wieder auf Yashiro herabsehen?
Ob ich Yashiro nun umbringe oder nicht ...
... Sie hatten doch von Anfang an vor, mich fallen zu lassen.

Natürlich. Ein Mitglied der Stammlinie, das im Drogengeschäft mitmischt? Wenn ich dich nicht erledige, würde Misumi es tun.
Du hast noch nie großartig was erwirtschaftet …
… und glaubst ernsthaft, du wärst mehr wert als Yashiro?
Kh!
Hi, hi …
Warum wollen Sie ihn dann umbringen?
Da spricht doch die pure Eifersucht.
Ihnen schmeckt es nicht, dass er Ihnen Ihren Vater Misumi weggenommen hat.

Weiß nicht, wovon du da redest.
Tun Sie doch nicht so!
Ich hab mich schon gewundert.
Am Anfang waren Sie nur auf das Geld aus. Um Yashiros Leben ging's überhaupt nicht.
Bei einem, der so viel Kohle reinbringt wie er, würden Sie ja normalerweise ein Auge zudrücken.
Aber er hat Ihnen bei einer Sache gründlich die Tour vermasselt.
Wenn jemand mit so extrem großen Ambitionen wie Sie dermaßen aggressiv Ärger anzettelt, kann das nur einen Grund haben.
Misumi will Yashiro einen Posten in der Stammlinie verschaffen, richtig?

Was denn, was denn?
Hab ich also ins Schwarze getroffen.
Was glaubst du, warum ich mein Augenmerk gerade auf dich gerichtet habe?
Weil du schon immer an Yashiro geklammert hast.
Ich dachte, gerade weil du ihn schon kanntest, bevor er bei uns eingetreten ist, würde dir seine Karriere nicht schmecken.
Aber Irrtum.
Wer so dermaßen dämlich ist, ist eh nicht mehr zu retten.
Was fällt Ihnen ein?!

Hätte nicht gedacht, dass du so viel Zuneigung zu ihm hegst.
Schämst du dich eigentlich nicht?
Es war doch alles nur ein großer Bluff.

Es gab da mal einen, der war Yashiro verfallen und wurde rausgeworfen.
Yashiro wollte ihn loswerden und hat sich absichtlich von mir dabei erwischen lassen, wie er ihm einen bläst.
Wenn du so weitermachst, hält man dich irgendwann noch für dieselbe Sorte Mensch wie Yashiro.
Es war so erbärmlich.
Yashiro hat ihn hinters Licht geführt und er hat's nicht mal gemerkt. Hat uns was vorgeflennt, dass er ihn wirklich liebt.

Wenn ich mir dich so anschaue ...
... erinnere ich mich wieder an den Kerl.
Es ist so unglaublich erbärmlich.
Er hat doch sicher längst mitgekriegt, dass du in ihn verliebt bist.
Genau deswegen verarscht er dich ja in einer Tour.

Wenn du nicht in ihn verliebt bist, dann beweis es mir.
Und zwar eigenhändig.
Wenn du Yashiro umbringst ...
... beweist du damit, dass du anders bist als dieser erbärmliche Kerl von damals.
Also, abgemacht, ja?

In Ordnung ...
Ich muss Yashiro töten, mehr nicht, richtig?
Genau, das ist alles.
Jetzt müssen wir ihn nur noch schnell aufstöbern, bevor du doch wieder ’nen Rückzieher machst.
Warte mal kurz.

Ey, ihr zwei!
Ja-wohl!
Habt ihr langsam mal raus, wo Yashiro steckt?
Nein, leider nicht ...

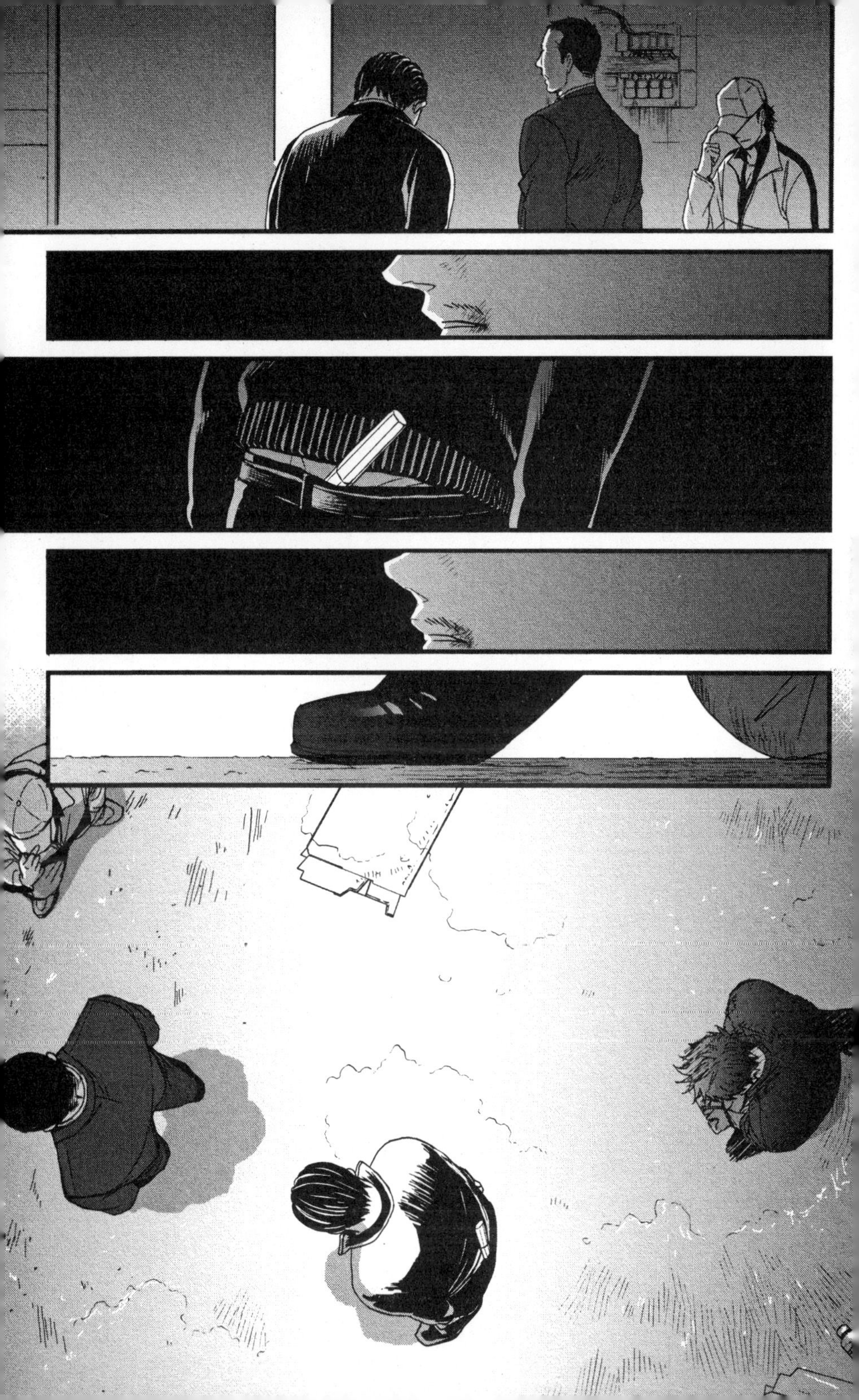

!!
Zur Seite!!
BADOFF
!
Stehen-geblie-ben!!

ZZZOTSCH
Ryuzaki, du Schwein ...!!

Wer soll hier in wen verliebt sein?
Erzählen Sie doch keine Märchen.

Twittering Birds Never Fly

Kapitel 27

Twittering Birds Never Fly

Wärst du ein Hund, würdest du jetzt winselnd den Schwanz einziehen.
Ich sag doch, ich bin okay. Bin ziemlich robust.
Ich kann mich nicht mal ent-schuldigen.
Würde ich es tun, würde es so wirken, als wäre es ein Fehler gewesen.
Ich bin da kitzlig.
Mh ...
Es ... reicht jetzt ...
KÜSS
KÜSS

In diesem Moment kam mir der Gedanke ...
NICK
... dass ich ihm doch etwas bedeute.
Nanu? Du legst dich ja hin. Das hab ich bei dir noch nie gesehen.
Schon gut, kannst ruhig in der Position schlafen.
...
Ich habe Angst davor ... die Augen zu schließen.
Ich muss nicht ...
Jetzt schlaf mal ein wenig.
Nein ...
Und selbst wenn es etwas anderes war als das, was ich in ihm sah, wollte ich mich doch daran klammern.
Pff ...
Wieso das denn?
Darf ich Sie etwas fragen?

Warum ... haben Sie vorhin geweint?
Chef?
Sieh nicht her.
Sieh mich nicht länger an ...
Ist doch logisch.
Weil's sich so gut angefühlt hat.
Ich wollte nichts weiter ...
Das ist ...

... eine Lüge.
RUMMS

Los jetzt, schlaf endlich.
Ich wollte nichts weiter ...

... als ihn festzubinden.

Ngaah!
KRONK
Bist du total über-geschnappt, du miese Ratte?!
Ngggh ...!
ZZOTSCH

Du hast's versaut! Du machst jetzt brav, was wir dir sagen, oder ...!
Fresse!
Ich hab die Schnauze voll davon, nach eurer Pfeife zu tanzen!
Khh ...!
Wenn du so dringend sterben willst, bring ich dich gern um!
Stopp.
Vater, Sie sollten schnell ins Kranken-haus ...!
Fresse. Das ist bloß ein Kratzer.
Ich erledige ihn. Streckt ihn zu Boden.

GADOFF
WONK
SRTTTT
GADONK
Überlasst ihn jetzt mir.
Uuh ...
Sei dankbar ...
... dass ich mir die Hände mit dir schmutzig mache.

Mit einem mickrigen Schläger wie dir.
Vater!!
Die Bullen!!
Ich fahr den Wagen vor!!
Sie müssen sofort zum Hinterausgang raus!!
WIIUUUU
WIIUUUU

QUIEEEEE
WIIUUUU
WIIUUUU
Hm? Sollen wir sie verfolgen?
Nee, lass mal. Die interessieren uns nicht.
Wenn wir uns die wegen nix vornehmen, ziehen wir nur den Kürzeren.
WIIUUUU
WIIUUUU
Und wenn sie mit ihm abgehauen sind?
Dann müssen wir sie verfolgen.
QUIEE
Dacht ich mir.
Geht ihr hinten rum!
Ja-wohl!
RATTER
Puh, ein Glück, er ist noch da.
Verdächtiger aufgegriffen!
Sie sind Atsushi Ryuzaki, richtig?
Hää?
Und was, wenn's so wär?
Sie sind verhaftet wegen Verdachts auf Verstoß gegen das Betäubungsmittelgesetz!
...!!

Los, aufstehen!
Scheiße, was wollt ihr von mir?!
Wir haben im Büro der Matsubara-Gruppe vier Kilo Drogen sichergestellt. Geben Sie auf.
Im Büro?
Kh ...
Moment mal, davon weiß ich nichts.
Und noch dazu gleich vier Kilo ...
Reden können Sie auf dem Revier.
Auaaaa!! Pfoten weg, Sie tun mir weh!
Einsteigen.
Ich bin verletzt ...

Zehn Minuten, mehr nicht.
Hey.
Yashiro?!
Ha, ha, ha!
Wie siehst du denn aus?!
Was zur Hölle machst du hier?!
Kannst du dir das wirklich nicht denken?
...!
Warst das etwa du, der ...?
Bingo!

Aber Hirata hatte doch ...!
Ja genau, Hirata hatte den Rest versteckt.
Und was ihm wichtig ist, versteckt der Kerl schon immer am selben Ort.
W... Wo war es?
Bei seiner Alten im Unterbodenfach.
Der hat sie allen Ernstes ...
Jupp.
Jetzt komm schon!
Die zwei Maronen-Boys haben's für mich geklaut und bei dir im Büro deponiert.
Maronen ...? Aah!
Hiratas Privatarmee!
Du hast Nerven, die auf deine Seite zu holen.
War nicht sonderlich schwer. Die gehören ja nicht zur Gruppe.
E... Erzähl mir lieber mal, was du dir dabei gedacht hast, mich nach dem Kommentar ans Messer zu liefern!
Welcher Kommentar?
Von wegen: „Wer von uns beiden länger am Leben bleibt."
Ach, das!
Ups, ja, sorry. Das hatte nichts weiter zu bedeuten.
Bezog sich nur auf unsere jeweilige prekäre Lage.
Als wär die jetzt weniger prekär.
Ja, da hast du auch wieder recht ...

Jedenfalls musst du's so aussehen lassen, als hättest du das Ding mit den Drogen ganz allein gedreht.
Meine ganz persönliche Bitte an dich. Wär nämlich heikel, wenn wir von der Stammlinie da mit reingezogen werden.
Und im übrigen, wer im Knast sitzt, bleibt garantiert am längsten am Leben.
Wenn du mich umbringst, wirst du sofort aus dem Weg geräumt, weil du dann zu nichts mehr zu gebrauchen bist.
Hm. Ich steh sowieso auf verlorenem Posten.
Hm?
Nichts weiter.

Aber sag mal, was hast du da eigentlich an?
Oh, das hab ich mir geborgt. Meine eigenen Sachen waren nass.
Im T-Shirt rufst du unliebsame Erinnerungen bei mir wach.
Inwiefern unlieb-sam?
Hey! Das leiert doch aus!
Fresse, du Arsch!

Endlich muss ich deine dämliche Visage nicht mehr sehen.
Also lass sie mich noch ein letztes Mal anschauen.
Ha, ha!
Ach, komm! Du bist doch gleich wieder draußen.
Fuck!
Und dann riecht er auch noch so nach Sex!
Soll ich dich dann mal besuchen kommen?
Du meinst, um mir was vorzusingen?
Ich bin echt gut.
Nein, danke.
Und welcher Knast lässt Yakuza Besuch empfangen?
SCHAB
Mh ...!
...!
LECK

Du änderst dich nie ...
Ist nicht so, dass ich gern in Nippel beiße.
?
Was, echt jetzt?
...
Wenn du 'ne Frau wärst ...
... dann hätte ich dich beschützt.
Dass ich damals solche dämlichen Ideen hatte ...
Na ja, wenn ich nicht kommen darf, musst du eben 'nen anderen Guten finden.
... darf nie im Leben bekannt werden.
Also, 'nen Arsch zum Ficken.
Trottel. Warum sollte ich's mit 'nem anderen Kerl als dir treiben? Bin doch kein Homo.
Du bist schließlich so 'ne Art halbe Frau. Immer ein offenes Loch.
Jetzt werd ich ja selbst beschützt. Geht echt gar nicht.
Jaaa, das mit dem offenen Loch stimmt schon.
Aber keine Sorge, im Knast gibt's garantiert 'ne Tunte für dich.
Ich will lieber 'ne Frau.

Eine Frau ...
Ja, das würde vielleicht alles einfacher machen.
Du steigst besser aus der Yakuza aus.
Die sind ein Krebsverursacher.
Was für ein Zufall. Ich seh das ganz genauso.
Ich steig aber trotzdem nicht aus.

KLOPF
KLOPF
Mach, was du willst.
Die Zeit ist um.
Also, ich geh dann mal.
Dafür, dass ich so brav das Bauernopfer spiele, hab ich aber 'ne Bitte an dich.
Und welche?
Mein Mädchen ist bei Hirata untergekommen.
Hol sie da raus und bring sie irgendwohin in Sicherheit.
Nichts leichter als das.

Und du bist dir wirklich sicher, dass du kein Ständchen von mir willst?
Du nervst! Du willst dich doch nur im Knast durchficken lassen.
Gar nicht waaahr.
Jetzt geh endlich, du offenes Loch.
Man sieht sich, Ryuzaki.

So, wir müssten noch zu einer weiteren Adresse.
Hm? Oder vielleicht auch zu zweien. Egal, fahrt los.
Auaaa ...
Wenn Sie meinen.
Aber die Aktion eben muss ich schon unserem Dienstherrn melden.
Tu dir keinen Zwang an.
Danke.
Du wolltest ihm doch garantiert stecken, dass er sich den Nippel hat lutschen lassen!
Nicht lutschen, beißen.
DOMPF
Argh!
Trottel! Ich hab doch gesagt, ich übernehm das!

Da, hast du gehört? Gebissen hat er ihn.
Das meld ich ganz bestimmt nicht!!
Interessiert mich 'nen Scheiß!
...!
Ey, was ist los mit dir?

Ryu... Ryuzaki ist verletzt!!
Hä? Das ramponierte Gesicht hab ich längst ...
Das mein ich nicht! Er blutet!!
Was?! Hat etwa der Arsch Yashiro ...?!
Nein ... Er war das nicht ...
Fuck ...!
Hirata, Sie Wichser ...

...!
Was müssen Sie immer so verfickt halsstarrig sein?
Haah ...
Fahren Sie sofort ins nächste Kranken-haus!!
Er verliert verdammt viel Blut!!

Wie er ...
... sich bei mir einschleimt, regt mich so dermaßen auf ...

KLINIK
Wir sind durch.
Wenn wir Sie nicht hätten ...
Schon gut.
Sein Kreislauf ist stabil. Er sollte bald aufwachen.
Vielen herzlichen Dank.
Er hatte Glück mit der Einstichstelle.
Euer Boss ist zäh, der kommt schnell wieder auf die Beine.

Twittering Birds Never Fly

Kapitel 28

Twittering Birds Never Fly

Was ist aus Ryuzaki geworden?
Vater!
Los, sag schon.
Hab meine Leute auf ihn angesetzt. Laut deren Aussage ist er nicht bei Bewusstsein und sein Zustand ist kritisch.
...
Den Bullen hab ich heute Morgen jemanden als Täter ausgeliefert, der nicht zu uns zurückverfolgt werden kann.

Auf dem überwachungs-video waren zwei Putzkräfte zu sehen. Vermut-lich die.
Der restliche Stoff wurde aus Schwesters Wohnung geklaut.
Der diente als Köder, um für Ryuzakis Verhaftung zu sorgen.
Wer war das? Yashiro?
KNARZ
...!
STECH
Kh ...!
Kh!
Ngh!
Was haben Sie?
Kh!
Nichts weiter ...

Nur eine Erinnerung ...
... an einen ähnlichen Schmerz.

GADOSCH
Das reicht jetzt, Hirata.
Lass gut sein.
Jawohl.
Hast du eine Knarre, Hirata?
Nein.
Besorg dir eine. Die Kerle vom Ginyu-Syndikat machen uns seit dem Vorfall im Club neulich andauernd Ärger.
Haben nur einen Katzensprung von unserem Revier weg ihr Büro eingerichtet. Die schaffen offensichtlich 'nen Vorwand, um Krieg mit uns anzufangen.

Sollten wir nicht besser die Bewachung des Chefs verstärken?
Hää?! Bei Misumi haben wir uns schön rauszuhalten!
Das ist der Job von Kurobane!
Oder willst du andeuten, dass du gern Misumis Bodyguard wärst?!
Nein, so war das nicht gemeint ...
Herr Someya konkurriert schon lange mit Herrn Misumi. Aber der hat sich nicht mit ihm abgegeben.
Bloß, seit Herr Misumi Unterboss ist, ist er dazu gezwungen, auf ihn Rücksicht zu nehmen.
Als oberster der Boss-Brüder steht Someya im Nachfolgestreit auf verlorenem Posten.
Vielleicht hast du das schlechteste Los gezogen, Hirata.
...

Wer soll's denn sonst geklaut haben, wenn nicht du, häh?!
Ich war es wirklich nicht.
Was fällt dir ein, mich so anzu-starren?!
Ich will wissen, wer's gewesen sein soll, wenn nicht du!
Oho, was ist denn hier schon wieder los?
Ch... Chef!
Misumi ... Würden Sie sich da bitte raushalten?
Jetzt seien Sie doch nicht gleich so schroff, Herr Someya.

Was hat der Junge da denn ausgefressen?
Ich sag doch, lassen Sie das meine Sorge sein!
Aber, aber.
Hat er sich etwa aus der Gruppenkasse bedient?
Du bist ja richtig durchtrainiert, Junge.
Darf ich ihn mir mal kurz ausleihen, Onkel?
Hä? Ich unterhalt mich grad mit ihm.
Dann leihen Sie ihn mir, wenn Sie fertig sind.
Er wird bei der Aktionärsversammlung Wache stehen, also machen Sie ihn ja nicht dreckig.
Mann!
Wofür haben Sie denn die zwei da?
Die Lage ist gefährlich. Kurobane und Kusaba reichen da nicht aus.

Chef, sollen wir auf dem Rückweg noch irgendwo Halt machen?
Ja ... Da, wo wir immer hinfahren.
Jawohl.
Ihr müsst nicht mitkommen
Aber das geht doch nicht!
rales Universitätsklinikum
Fresse! Ich sagte, ihr bleibt hier und dabei bleibt's!!
Wehe, ich seh euch drinnen!
...
Kusaba, du folgst ihm.
Natürlich. Mann, der Kerl ist echt unverbes-serlich.

...
Ist ihm zu unangenehm.
Hä?
Ach so.
Wobei, er hat sie wohl in sein Familienregister eintragen lassen, also ist sie doch eher seine Ehefrau als seine Geliebte.
Sie geben ihr nur noch ein halbes Jahr. Hat sich für ihr Kind auf dem Strich kaputtgeschuftet.
Auch eine?
Ja.
Er imponiert einem, nicht?
Der Chef.
Das stimmt.
Vor allem im Vergleich zu Someya.
Wir sind hier ja unter uns, aber lass solche Sprüche ja nicht bei anderen raus.

Kennen Sie den Unterboss schon lange?
Tja ... 15 Jahre werden's schon sein.
Gut möglich, dass ich so ziemlich alles über ihn weiß.
Okay ...
Also, warum hat er mich gerettet?
Eine Laune, denke ich.

ZIRRRRP
ZIRRRRP
ZIRRRRP
ZIRP
ZIRP
ZIRRRRP
ZIRRRRP
ZIRRRRP
ZIRP
ZIRP

Du bist jeden Tag hier.
Wartest du auf wen?
KLONG
Hee!!

Tomo, was machst du da?
KLOPF
KLOPF
Kenni! Ich wollte dem Mann Süßigkeiten schenken.
Wem ...?
!

Aha, du sollst also Gel eintrei-ben.
Und du stehst jeden Tag hier?
Seit zwei Wochen.
...
Sie ist meine Nichte. Meine ältere Schwester ist mit 'nem Kerl durchgebrannt. Seither wohnt Tomo bei mir.
Dabei sollte ich eigentlich besser in der Nähe vom Chef wohnen.
Warum sind Sie nicht sein Sohn geworden?
Hm?
Mir wurde gesagt, der Unterboss wollte Sie von seinem Bruder zu seinem Sohn befördern, damit Sie sein Nachfolger werden.
Ja ...
Weil ich ihm verfallen bin. Mit Haut und Haar.
Ich will nicht für die Gruppe ...
... sondern allein für ihn leben.

Wie, aufgelöst?!
Der Unterboss und Kurobane haben den Sack zugemacht.
Das Rücktrittsschreiben des Dons des Ginyu-Syndikats kam heute Morgen.
Wie haben die das hingekriegt?!
Tja ...
BRODOMM
BRODOMM
Da bist du ja wieder, Kenni!
Hallo!
Sorry, Hirata, dass du hier Babysitter spielen musstest. Gewitter packt sie einfach nicht.
Ja, ich hab Angst vor Gewittern, aber ...
... das Gesicht von dem Onkel da macht mir noch mehr Angst!
Weil wenn's blitzt, ist die Hälfte von seinem Gesicht ...
...
Pff!
Ah ja.
Ah ja.
Hi, hi, hi!

Bitte entschuldige diese übertrieben große Beerdigung, wo sie doch erst seit Kurzem in meinem Register steht.
Nicht doch ... Von ihrer Familie war sie ja entfremdet.
Ganz alleine wäre ich vollkommen aufgeschmissen gewesen. Haben Sie vielen Dank.
Der Unterboss wurde angeschossen!!

Was?!
Wer war das?!
Fußvolk vom ehemaligen Ginyu-Syndikat!
Er schwebt nicht in Lebensgefahr, aber sein Bein hat's erwischt, deshalb ist er unterwegs zum Arzt!
Was treibt Kurobane denn?!!
Bringt ihn sofort her! Wer einen Unterboss nicht beschützen kann, büßt mit mehr als nur dem kleinen Finger!!
Kurobane.
Wenn du von meiner Seite weichst, verzeih ich dir das nicht.
Warte, bis ich wieder auf den Beinen bin.
Ich weiß.
Wehe, du gehst.
Und außerdem hast du doch Tomo.
Frauen bringt man nicht zum Weinen.
Ich unternehme nichts alleine.

Sorry. Ich gebe Tomo in ein Heim, aber bis es soweit ist, muss jemand auf sie aufpassen.
Wohin gehen Sie? Ich komme mit!
Das ist allein meine Angelegenheit.
Du hast noch eine Zukunft.
Erfüll deine Pflicht gegenüber der Gruppe, anstatt wegen so was in den Knast zu gehen.

...!
Hirata
...
!!
KRACH

Sieh an, du bist mir also gefolgt.
Tut mir leid ...
Ich dachte ... ich könnte Ihnen ... vielleicht helfen ...
Hast du Schiss gekriegt?
Mach dir nichts draus.
Irgendwann kommst du auch an den Punkt, an dem dir dein eigenes Leben nicht mehr wichtig ist.
An den Punkt, an dem du für diese eine andere Person einfach alles geben würdest.

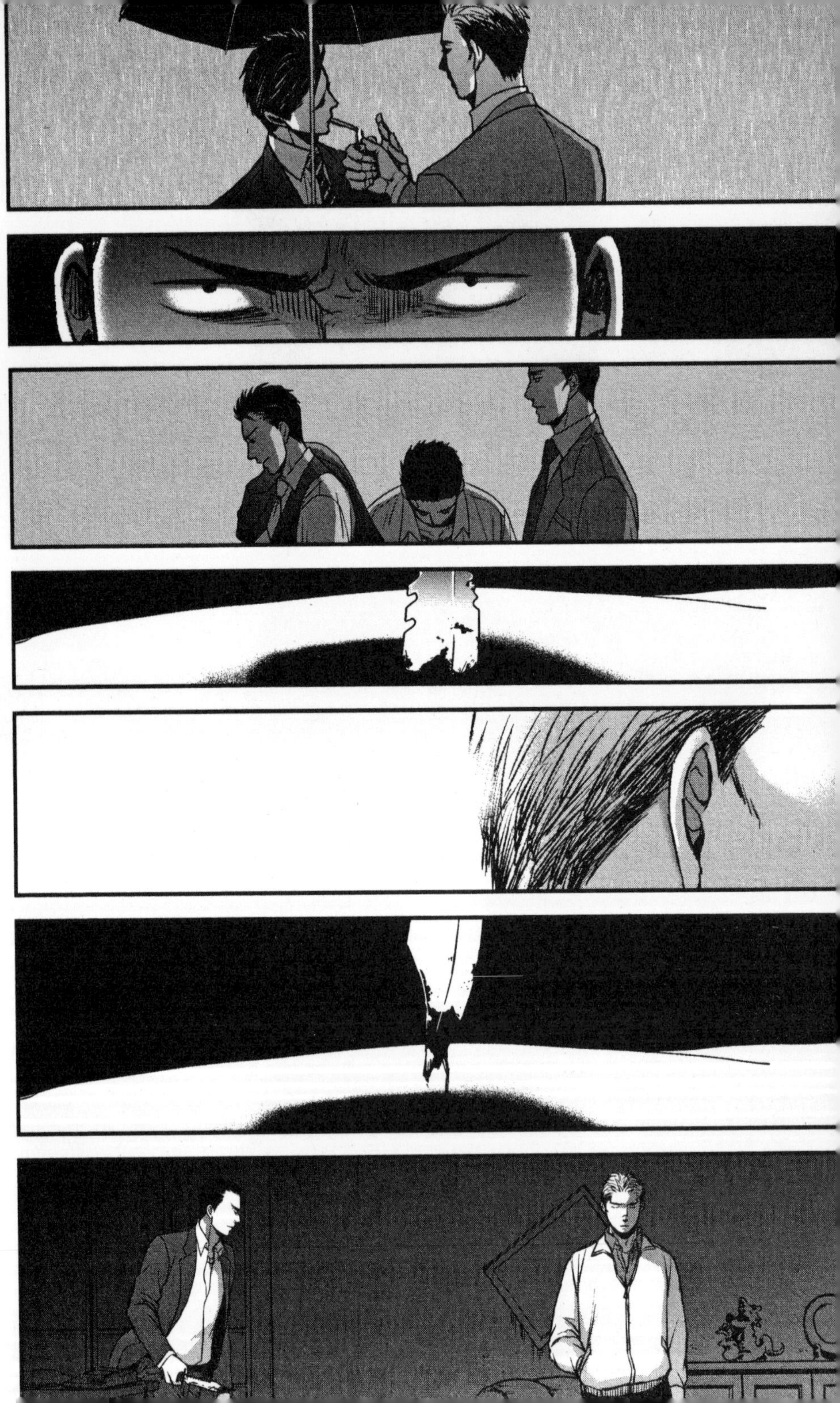

Was sagst du da ...?
Wir haben es ...
... zu zweit durchgezogen.
In den Bau ...

Dafür
geh ich in
den Bau.

DING DOOOOONG
Ja, bitte?
DING DONG DING DONG DING DONG DING DONG
Entschuldigung! Ich komme von der Hausverwaltung. Es gab Beschwerden über Lärm aus Ihrer Wohnung. Spreche ich mit dem Mieter? Könnten Sie bitte kurz rauskommen?
Ich mach keinen Krach.
DING DONG DING DONG DING DONG DING DONG DING DONG DING DONG DING DONG
Schnauze!!
Entschuldigung! Ich kann auch selbst aufsperren. Wenn Sie nicht aufmachen, muss ich die Polizei rufen.
KLACK
Was soll der Scheiß?!
BA DOFF
..!

Und die zwei Typen hat Ihnen Herr Misumi also als Bodyguards zugewiesen?
Jupp, genau.
Statt die zwei rumzuschubsen, hätte er doch uns holen können.
Ja, eben.
Fresse. Was will er denn mit einem Verletzten?
Hö? Was meinen Sie damit?
...
Hab ihn sitzenlassen. Hat sich erledigt.
Haben Sie da nicht eine Kleinigkeit vergessen?! Sie wurden von drei Kugeln getroffen! Ich bin weit fitter als Sie!
Und wo steckt eigentlich Doumeki schon wieder?!
Hat sich erledigt mit ihm.
RATTER
Was ...?
Yashiro.

Kein Wort zu ihm, falls er sich melden sollte, klar?!
Wie sieht's aus?
Hab ihr die Pille danach und ein Beruhigungsmittel gegeben. Sie schläft jetzt.
Das ist nicht mein Fachgebiet. Wenn sie wieder wach ist, bring ich sie zu 'nem Spezialisten.
Ja, tu das bitte.
Jo.
Frauen trifft's echt übel.
Bei 'nem Mann reißt maximal die Rosette ein bisschen ein, mehr passiert da nicht.
Erzähl doch keinen Scheiß.

Als ob das alles wär, du Trottel!
...
Du kannst deinen rechten Arm also wieder bewegen.
Äh, ja, schon.
Aber scheinbar brauchst du immer noch diese Schlinge.
Tut ja noch weh.
Ich geb dir 'ne Neue.
Danke.
Hab sie bei Doumeki daheim liegen lassen.
...
Hast du ihn wirklich sitzen-lassen?
Ja, hab ich.

Du warst doch in ihn verliebt.

Nicht irgendwer.
Ausgerechnet du hältst mir das vor?

...!
?!
Es ist so sau-komisch ...!
Oh Mann, du bringst mich echt immer zum Lachen!
Was hat denn das jetzt wieder zu bedeuten?!
Weißt du, er ...

... ist wie ein Vogel-junges.
Dem Erstbesten, den er nach der Entlassung aus dem Knast gesehen hat ...
... ist er irrtümlicherweise gedankenlos gefolgt.

Fortsetzung folgt.

Twittering Birds
Never Fly

KOU YONEDA

„Twittering Birds Never Fly"
wird jetzt schon seit fünfeinhalb Jahren veröffentlicht. Inzwischen kann ich auch das Kanji für „zwitschern" schreiben. Dieser Band 5 markiert zwar in gewisser Weise eine Zäsur, aber die Geschichte ist noch lange nicht vorbei. Also bleibt weiterhin mit dabei!

Special Thanks
Meine Assistent*innen M und K (und T)
Meine Redakteur*innen U und N

ヨネダコウ
Kou Yoneda

STOPP!

STOPP! DIES IST DIE LETZTE SEITE!

TWITTERING BIRDS NEVER FLY ist ein Manga, und einen japanischen Comic liest man von hinten nach vorne. Auch die Lesereihenfolge der Bilder und Sprechblasen auf den Seiten ist anders als gewohnt: von rechts oben nach links unten.

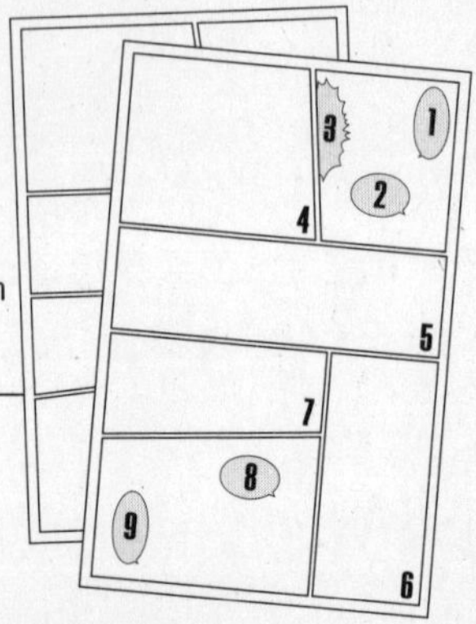

TWITTERING BIRDS NEVER FLY 5

von
Kou Yoneda

1. Auflage, 2021
Deutsche Ausgabe/German Edition

Aus dem Japanischen von Verena Maser

SAEZURUTORI WA HABATAKANAI vol. 5

First published in Japan in 2017 by TAIYOH TOSHO Co., Ltd., Tokyo.
German translation rights arranged with TAIYOH TOSHO Co., Ltd.
through Tuttle-Mori Agency, Inc, Tokyo.

Programmleitung: Michael Schuster & Lea Heidenreich
Redaktion: Alexandra Grimsehl
Lektorat: Martin Gericke
Layout und Lettering: Manga Cult, Datagrafix GSP GmbH, Berlin
Druck: GGP Media GmbH, Poessneck

Print-ISBN: 978-3-96433-330-8

www.manga-cult.de | August 2021